ÉPITRE

A MON AMI G.......

L'Art de connaître sa Destinée,

OU

Le Fatalisme Organique,

PAR M. E. M.....

Dieppe. — Imprimerie de LEVASSEUR.

ÉPITRE

A mon Ami G.......

L'art de connaître sa Destinée,

ou

Le Fatalisme organique.

Tu sais que dans mon cœur, versant sa douce ivresse,
Le démon de la rime a séduit ma jeunesse ;
Qu'il me livra jadis au tourment de rimer,
Et de l'encens des vers se plut à m'enfumer.
Mais depuis j'ai juré, de ce serment suprême,
Qu'a toujours, en tremblant, reçu le Ciel lui-même,
Que désormais en vain il voudrait me dompter,
Et tu me rends parjure, il faut exécuter.
O fatal ascendant d'une bosse fatale !
Et d'un cerveau mal fait, humeur trop inégale !
Je reviens sur la scène, et mes faibles pipeaux,
Pour toi, vont s'essayer sur des accens nouveaux.
Excitant la tumeur, qui me pousse à l'audace,
Tu veux donc de nouveau faire peur au Parnasse.

1841

Tu sais bien que ma Muse, en ses faibles accens,
Des poètes du jour fuit les grands ornemens ;
Que je vais t'emporter loin du beau romantique,
Et te traîner à terre avec mon vers classique.
Je vais brûler l'encens sur les justes Autels
Elevés au cerveau, nouveau Dieu des mortels,
Et joignant mes concerts à ceux de nos Génies,
Reconnaître dans nous l'empire des manies,
Célébrer ce pouvoir de nos tempéramens ,
Qui dispense, à son gré, chacun de nos penchans,
Qui tient entre ses mains le fil des nos années,
Et qui, joint au cerveau, forme nos destinées.
Si ma Muse tombait sous ce pesant fardeau,
Ami, sois indulgent ; quelque nerf du cerveau,
Se refusant d'aider à mon brûlant délire,
Laisserait sans accords les cordes de ma lyre.

A d'éternelles lois, que fonda le hasard,
Le Monde tout entier obéit avec art.
O ! des siècles passés, science bien profonde !
Qui faisait du destin la boussole du Monde.
Les habitans des Cieux, l'homme, le végétal,
L'animal sans raison, tout, jusqu'au minéral,
Depuis l'éternité docile à sa structure,
En aveugle accomplit les lois de sa nature.
Dans l'espace compris quand tout a commencé,
Sur un type éternel, le type était tracé.
Sous l'angle plus que droit, la face qui s'incline,
Seule respire l'air de la grandeur divine ;

Et, par un large front, donne la majesté,
Qui dévoile à nos yeux une divinité.
Un immortel en vain, sans cette noble image,
Des mortels d'ici-bas reclamerait l'hommage,
Il a perdu ses droits au royaume des Cieux,
Puisqu'il n'a plus pour nous le modèle des Dieux.
Puis descendons de l'homme aux autres mammifères ;
Des oiseaux, aux poissons ; du mollusque, aux aptères ;
On voit, plus ou moins grand, l'angle régulateur
De l'instinct, du génie être le créateur.
Calcule le rapport du crâne avec la face,
Et suis de point en point son angle qui s'efface ,
Tu vas de la raison à la stupidité,
De la bonté de l'ange à la férocité.
Heureux, cent fois heureux, si mon horizontale
S'ouvrait en angle droit avec ma verticale :
Riche d'un front saillant, d'un immense cerveau,
Ma tête s'offrirait comme type du beau,
Et de vastes pensers; pleinement enrichie,
Me rendrait orgueilleux du plus vaste génie.
Par le crâne, palpé sous une docte main,
Je pourrais, sous tes yeux, classer le genre humain.

Le centre sensitif, ce grand laboratoire,
Digère nos pensées, enfante la mémoire,
Fait naître par ses nerfs la sensibilité,
Et notre intelligence, et notre volonté.

Peùt-être voudrais-tu, pénétrant le dédale
Où se cache pour nous la masse cérébrale,
Connaître dans leur jeu ces nerfs mystérieux,
En sonder jusqu'au fond l'accord harmonieux.
Et déjà je t'entends, saisissant chaque artère,
Ou les cornes d'Ammon, ou notre dure-mère,
Interroger la part qu'apporte chacun d'eux,
Arrête, je t'en prie, et reçois mes aveux :
Tu conçois, cher ami, qu'effleurant un système
Qui porte dans ses flancs un immense poème,
Je ne puis avec toi longuement m'engager ;
Mon temps est précieux, il faut le ménager.
Je sais bien qu'un seul tout, composé de parties,
Dans leur arrangement, distinctes, infinies,
Alarme, en sa raison, l'esprit un peu sensé,
Mais à nous il nous faut un seul tout composé.
D'ailleurs, de ce cerveau, dont tu vois les merveilles
Qui, sans frapper ton cœur, frapperont les oreilles,
A peine savons-nous le moindre arrangement.
Comment veux-tu de là passer au sentiment?
Mais reçois humblement cet absurde mystère,
L'infaillible scapel veut une foi sincère.
Ah ! laissons, cher ami, murmurer le bon sens,
Avec nous, songe-donc, notre Dieu sont les sens.

Secondant le cerveau, l'*idiosyncrasie*
Qui fait qu'on reste froid, ou bien qu'on s'extasie,

Et qu'on porte avec soi l'organisation
De l'amour, du repos, ou bien de l'action,
Achève de fixer, avec la palatine,
Des impuissans mortels la fatale machine.
Si le cœur, les vaisseaux, pleins d'élasticité,
Font circuler le sang avec activité,
Le pouls est alors vif, et la face animée,
La taille avantageuse, et la forme exprimée,
Le teint doux et vermeil, les cheveux blond-châtain,
Et vous tombez en proie au système *sanguin.*
Ah ! lorsque le printemps ranime la nature,
Et tapisse nos champs d'une douce verdure,
Du malheureux mortel le sang est en émoi ;
Il subit de son sort l'impérieuse loi.
Victime du caprice, et du léger prestige,
L'inconstance sans cesse autour de lui voltige.
Aussi changeant que l'air, et comme lui léger,
Il ne trouve en son cœur qu'un amour passager.
D'un charme renaissant il embellit sa vie,
Et pour lui chaque fleur est un objet d'envie.
Bon, vif, passionné, sensible et généreux,
Sur un charme en passant il se croit être heureux.
Inconstant papillon, de son aile légère,
Il porte à cent beautés son amour éphémère.
Mais, de tant de plaisirs, rapidement goûtés,
Naît bientôt le dégoût au lieu des voluptés.
Il court de fleur en fleur en croyant se distraire ;
Mais tout est épuisé, rien ne saurait lui plaire.

Aussi brûlant ami du vin que de l'amour,
Il se plaît à les voir l'entraîner tour à tour.
L'ardeur brille en ses yeux, quand il savoure à table,
Comme nos immortels, un plaisir ineffable.
Il noie en peu d'instans, au milieu des festins,
Tout ce que dans sa route il trouve de chagrins,
Et ce plaisir des Dieux, renouvelé sans cesse,
Le trouve plus constant à goûter son ivresse.
L'imagination, dans son brûlant cerveau,
Trace de l'Univers un mobile tableau,
Et jette dans son cœur, par sa vive énergie,
De mille illusions la trompeuse magie ;
Mais sans cesse riante et couverte de fleurs,
Elle aime à le tromper au milieu des malheurs.
De ses légers défauts, le sanguin se console,
La mémoire pour lui revêt son auréole,
L'enrichit des pensers de tous les temps divers,
Et rassemble en un point tout ce vaste Univers.
Toujours fort et vermeil, il se rit d'Hippocrate,
Et la santé pour lui ne fut jamais ingrate.
Il brave impunément, par sa vive santé,
La suite qui souvent sort de la volupté,
Entraînant sur ses pas, à la fin de l'ivresse,
D'un état languissant la morbide faiblesse.
Mais si quelque langueur le saisit par hasard,
La nature suffit sans le secours de l'art.
Son plus grand ennemi, l'*Angéioténique*,
S'enfuit à l'aspect seul d'un *Antiphlogistique* ;

Et celui d'entre tous qui tient le premier rang,
C'est de faire, à l'instant, jaillir un peu de sang.
De ce tempérament on voit le caractère
Dans les marbres sculptés d'Apollon-Belvédère,
Du vif Alcibiade, et de l'Antinoüs,
Du faible Marc-Antoine et du léger Bacchus.
Mais plutôt, sans fouiller dans ces types antiques,
Sans aller aux anciens prendre ces traits physiques,
Du duc de Richelieu contemplons le portrait,
Il offre du *Sanguin* le modèle parfait.
Ce duc qui sut si bien, comme l'a peint Voltaire,
Emule de Bacchus, boire, combattre et plaire.

Si, pourvu largement de sensibilité,
Sur les mêmes objets vous êtes arrêté ;
Si le pouls est fréquent, les veines bien saillantes,
Les cheveux d'un beau noir, et les formes tranchantes ;
L'embonpoint médiocre, et les traits bien tracés ;
Tous les muscles enfin fortement prononcés,
Que d'orages affreux grondent sur votre tête !
Votre cœur est le trône où s'assied la tempête.
Les *Bilieux* emportés, brusques, impétueux,
Suivent des passions les élans dangereux.
Astucieux, adroits, d'un ferme caractère,
Ils sont aussi méchans que prompts à savoir plaire,
Hardis, entreprenans dans leur conception,
Fermes et résolus dans l'exécution.
Ah ! que je crains aussi pour les destins du monde !
Le Bilieux tout pétri d'une astuce profonde,

Est toujours devenu l'effroi de l'Univers,
Qu'il endormit par fois au milieu de ses fers.
Toujours humble au dehors, modeste en son langage,
Jamais il n'est trahi par les traits du visage.
Nul ne sait mieux cacher, sous des dehors trompeurs,
De ses tristes desseins les sombres profondeurs ;
Avec art employer, dans tous ses artifices,
Au gré de l'intérêt, les vertus et les vices.
La sombre ambition le reçoit au berceau ,
Et le suit pas à pas jusqu'aux bords du tombeau.
En vain est-il sorti du sein de la poussière,
Son ame est toujours haute, et violente et fière.
D'un feu toujours brûlant son cœur est tourmenté,
Et d'un trouble éternel ce cœur est agité.
A quel degré suprême a-t-il l'art de séduire!
Par quel chemins cachés il arrive à l'empire !
Ce pâtre de Montalte, adroit, rusé, trompeur,
Empruntant à la mort sa livide pâleur,
Feignant à chaque instant d'expirer de faiblesse,
Vingt ans sut se voiler, puis tout-à-coup se dresse :
« Je suis Pape, dit-il. » et le pouvoir des Rois
Partout dans l'Univers émana de ses lois.
Quand l'affreuse discorde embrassa dans sa serre
Des Anglais divisés la malheureuse terre ;
Ils rêvaient, insensés, à la felicité
De saisir par leurs mains la douce liberté.
La bile dans Cromwell avait jeté sa rage,
La liberté pour eux ne fut que l'esclavage.

Que n'avez-vous, Anglais, avant ce mouvement,
Donné d'un vomitif l'heureux médicament ?
De votre sein brisé, la discorde bannie,
Ne vous eût point légué la triste tyrannie.

Examine avec moi ces yeux sombres, ces traits
Que Néron, Louis XI, offrent dans leurs portraits.
Puis déroulons alors les pages de l'histoire,
Qui, de ces deux tyrans, ont gardé la mémoire.
Tyrans rusés, craintifs, défians, soupçonneux,
Jamais ils n'ont goûté le bonheur d'être heureux.
C'était pour eux, hélas ! la suite nécessaire,
De ce tempéramment qu'on nomme *atrabilaire.*
Le ventre mal servi se montre paresseux ;
On sent se déranger le système nerveux.
Du malheureux mortel les fonctions vitales,
Toujours pour le servir sont faibles, inégales.
Le pouls dur et serré dénonce que le cœur
Dans tous ses mouvemens agit avec lenteur.
La peau se rembrunit d'une couleur foncée,
Et des excrétions la puissance est glacée.
Un travail continuel, ou de profonds chagrins,
L'abus des voluptés, ou l'abus des festins,
Engendrent très-souvent l'état mélancolique.
Car, d'accord avec Clerc, cet état morbifique
N'est point non plus pour nous un germe naturel
Dont l'organe nourri dote chaque mortel ;
C'est une affection presque testamentaire,
Acquise du dehors ou bien héréditaire.

Le cœur n'est plus ouvert à la tendre pitié.
On devient ennemi de la douce amitié,
Et ce présent des Dieux, dans ses charmes touchans,
Loin d'être nos plaisirs, fait nos premiers tourmens.
Plus de cœur épanché, plus d'ami que l'on aime,
On craint tous les mortels, ont craint jusqu'à soi-même.
Au milieu des palais erre l'œil éperdu,
Sur la tête toujours le glaive est suspendu.
Conduit fatalement par cette inquiétude,
On cherche des déserts la sombre solitude.
Le germe d'infamie et de perversité,
Se développe alors avec atrocité.
Des plus sales plaisirs la débauche entourée,
En silence s'ébat dans l'île de Caprée,
Et, dans l'ombre, cachant ses infâmes désirs,
Croit dérober au jour ses sauvages plaisirs.
Que de variétés naissent du caractère,
Qui transforme un mortel en un atrabilaire !
Le Tasse, Zimmermann, Gilbert, Pascal, Rousseau,
Viennent se peindre tous dans le même tableau.
D'illusions, d'espoir et de crainte suivie,
Sous un jour toujours faux ils ont passé leur vie.
Le Tasse, à peine né, proscrit et malheureux,
Dévore les chagrins d'un cœur trop amoureux.
En vain de ses pinceaux, trempés dans le Génie,
A-t-il peint tendrement l'amoureuse Herminie.
En vain voit-on, hélas ! et la Gloire et l'Amour,
De lauriers immortels le parer tour à tour.

L'Amour qui, dans son cœur, a jeté sa folie,
Le conduit, jeune encor, à la mélancolie,
Et lui ravit ses jours encore en leur printemps ,
Ainsi qu'on voit la feuille au souffle des Autans.
L'infortuné Pascal, cet immortel génie,
D'une frayeur profonde, en proie à la manie,
Voit sans cesse un abîme entr'ouvert sous ses pas,
Et bientôt la frayeur le conduit au trépas.
Rousseau qui, déchiré par ses fougueux caprices,
Au milieu des douleurs enfanta nos délices,
Tombe en proie à la crainte au sortir du berceau,
Et la mélancolie a creusé son tombeau.
Dégoûté d'une vie, en orages féconde,
Il cherche par la mort à saisir l'autre monde.
Ce malheureux Gilbert, lâchement rebuté,
Voit perdre son espoir à la célébrité;
Et victime bientôt d'une folle prudence,
Il ravit en trois jours un Génie à la France.
Infortuné convive, apaise tes douleurs,
Des amis sur ta tombe ont répandu des pleurs.
De la funeste bile, ô fatale puissance !
Sous des dehors fleuris tu caches la démence.
O vous, qui, comme moi, pensez au genre humain!
Connaissez ces mortels, songez à leur destin,
Etudiez leurs traits, car, je vous le répète,
L'utile vomitif et le coup de lancette
Peuvent sauver souvent ces mortels malheureux
Du sort que sur leurs pas lance un destin affreux.

Vais-je encor te tracer les traits du *Lymphatique?*
Et t'amuser en vain avec la pituite.
Je sens d'entre mes mains s'échapper mes pinceaux,
Ma Muse se refuse à peindre ces tableaux.
Triste pituiteux, ta vie est la paresse,
Tu dors dans l'âge mûr, tu dors dans la jeunesse;
De l'esprit et du corps tu fuis tous les plaisirs,
Et la mollesse seule emporte tes désirs.
Jamais on ne verra ton front paré de gloire.
Ton liquide cerveau t'a privé de mémoire.
Aux actes de la vie ôtant l'attention,
Tu vis sans éprouver aucune impression.
Aussi voit-on l'humeur, par sa surabondance,
Développer ton corps en un volume immense.
A ton pouls faible et lent, à tes cheveux cendrés,
A ta chair toujours molle, aux traits décolorés,
A ta faible chaleur, à ta forme arrondie,
On n'en saurait douter, ton ame est engourdie.
Mais glissons le rideau sur de si tristes traits,
Et ranimons ma Muse à de plus vifs portraits.

Contemplons à loisir cette jeune maîtresse
Qui dans des maux de nerfs se roule avec ivresse.
Sondons dans ses vapeurs, par un soin scrupuleux,
Ce vif tempérament qu'on appelle *nerveux.*
Voyez ce corps fluet, d'une maigre apparence,
Ces muscles toujours mous, presque sans consistance,

Et ces nerfs si subtils pour les sensations.
Quelle vivacité dans les affections !
O toi qui, tout brûlant d'une sincère flamme,
Au destin d'une épouse as enchaîné ton ame !
Songe surtout aux traits du système nerveux,
Si l'hymen te sourit comme un état heureux.
La femme qui subit ce funeste système,
Dans ses caprices vains sera toujours extrême.
Tu verras éclater sa sensibilité,
Au plus futile choc contre sa volonté.
Bientôt à son secours appelant la migraine,
Tu pliras sous le joug de cette souveraine.
En vain tu chercheras à calmer ses désirs,
Tous les instans du jour sont voués aux plaisirs.
Vite, l'heureux emploi d'un anti-spasmodique
Pour glacer en son cœur cette humeur morbifique.
Relis sur les vapeurs les œuvres de Raulin,
De Pomme, de Lorry, du célèbre Tronchin.
Tu sauras que souvent conduite par toi-même
Dans ces lieux où l'amour est notre Dieu suprême,
Endormie aux doux mots des frivoles romans,
Elle a bercé son cœur dans leurs faux agrémens.
Tu désirais aussi que, pour plaire en ce monde,
Elle eût de nos auteurs la science féconde,
Tu la remplis alors d'imagination,
Et toi seul as causé son exaltation.
Prends garde..... Mais pourquoi troubler ton allégresse,
Et porter les chagrins au sein de ton ivresse ?

Pourquoi de la nerveuse étaler les larcins ?
Pourquoi faire gronder les foudres féminins ?

Souffre que je résume, en thèse générale,
De nos tempéramens l'influence fatale.
Songe donc que déjà j'ai sué sang et eau
Pour offrir à tes vœux cet imparfait tableau.
Le physique donné donne le caractère,
La pente à la douceur ou bien à la colère,
Les vices, les vertus, la triste adversité,
Et les brillans talens, et la félicité,
Et la saine raison, et le brûlant délire.
Enfin sur tous les corps, sur tout ce qui respire,
Le physique est en tout d'un pouvoir souverain,
Et l'homme, contre lui, voudrait lutter en vain.
O vous qui, ramassant vos forces, vos lumières,
De la société cherchez les lois premières !
Philosophes profonds, qui donnez l'art d'agir
Pour que nulle action ne nous fasse rougir ;
Qui tenez le flambeau que l'erreur veut éteindre,
Etendez notre sphère au lieu de la restreindre,
Dirigez par les mœurs l'heureux don de sentir,
Et voulez grandir l'homne et non l'anéantir,
Descendez plus avant dans cet homme physique,
Que vous découvre en nous l'art physiologique.
C'est là que le moral est caché tout entier;
Pour arriver au vrai, c'est votre seul sentier.
Quittez-donc, croyez-moi, votre route peu sage,
Et digne, tout au plus, des penseurs d'un autre âge.

Hallé, Pinel, Cullen, Haller et Cabanis,
N'ont-ils pas assez haut fait entendre leurs cris?
Il est vrai que le sceau d'une raison profonde,
En dépit de leurs vœux, est empreint dans ce monde.
Que Socrate, Minos, Zoroastre, Solon,
Le puissant Aristote et le grand Cicéron,
Et tous les bons esprits ont vu l'Intelligence
Former de l'Univers et la fin et l'essence.
La voix de la nature et la société
Proclament hautement en nous la liberté,
Un juge souverain dont la main redoutable
Tient de nos actions la balance équitable.
Il est vrai que toujours nous sentons dans nos cœurs,
Des remords importuns les cris accusateurs ;
Qu'en vain avec Cardan, Spinosa qui murmure,
Traite d'illusions ces cris de la nature.
Il est vrai que dans nous on sent je ne sais quoi,
Comme un être distinct que nous appelons *moi*,
Qui par sa volonté de nos sens est le maître,
Et semble en souverain régner sur tout notre être.
Mais qu'importe après tout la voix de l'Univers,
Le scapel a raison, le reste est de travers.
Je sens bien que déjà la fatale puissance,
Qui dès long-temps m'enchaîne au sort de l'inconstance,
S'indigne de me voir, pour la première fois,
Trois heures sur des vers au mépris de ses lois.
Il faut céder enfin, et prouver par moi-même,
Du sanguin inconstant l'impérieux système.

En vain je veux lutter pour saisir mon sujet,
L'imagination m'offre tout autre objet.
Ami, si comme moi tu vis toujours mobile,
Sur le sort de mes vers je reste bien tranquille ;
Mais si tu vis en proie au système bilieux,
Je me résigne aux noms de faible, d'ennuyeux.
Si ton corps est soumis aux traits du lymphatique,
Lis-moi, tu trouveras un bon soporifique.
Du reste, comme moi, conduit fatalement,
J'obéis pour mes vers, toi, pour ton jugement.
Admire, approuve ou blâme, en nous deux la nature
De notre lot fatal a pesé la mesure.
Allons, partez mes vers, mes vœux sont superflus,
Et mes regards sur vous ne retomberont plus.

Dieppe. Imprimerie de LEVASSEUR.

LE GÉNIE CIVIL

SOCIÉTÉ ANONYME
DE PUBLICATIONS ET DE CONSULTATIONS TECHNIQUES

CONSEIL D'ADMINISTRATION

Messieurs E. **MULLER**, *Président*; H. **REMAURY**, *Vice-Président*; C. **LAURENS**,
L. **RICHARD**, E. **CHABRIER**, **CH. THIRION, ARBEL, BIVER**,

I. — PUBLICATIONS TECHNIQUES

LE GÉNIE CIVIL
REVUE GÉNÉRALE HEBDOMADAIRE DES INDUSTRIES FRANÇAISES ET ÉTRANGÈRES

Paraissant tous les Samedis

INDUSTRIE — TRAVAUX PUBLICS — AGRICULTURE — ARCHITECTURE
HYGIÈNE — ECONOMIE POLITIQUE — SCIENCES — ARTS

MAX DE NANSOUTY, O. A. ✠, *Rédacteur en chef-Gérant du Génie Civil*
CH. TALANSIER, *Secrétaire de la Rédaction.*

PRIX DE L'ABONNEMENT :

PARIS : **36** fr. — DÉPARTEMENTS : **38** fr. — ÉTRANGER *(Union postale)* : **40** fr.
Autres pays, le port en sus.
TROIS MOIS : PARIS, **10** FR.; DÉPARTEMENTS ET ÉTRANGER *(Union postale)* : **12** FR.

II. — CONSULTATIONS TECHNIQUES

SUR PROJETS ET ÉTUDES
CONCERNANT LES TRAVAUX PUBLICS ET L'INDUSTRIE
G. LÉPANY, *Ingénieur, Chef du Service.*

Administration et rédaction : 6, rue de la Chaussée-d'Antin, Paris.

IMPRIMERIE CENTRALE DES CHEMINS DE FER. — IMPRIMERIE CHAIX.
RUE BERGÈRE, 20, PARIS. — 8038-5.